MEMOIRE

POUR M. GUENET DE SAINT-JUST, Conseiller
au Parlement de Roüen, Demandeur.

*CONTRE M. le Président de la Londe, & les Sieurs
Savary, heritiers du Marquis de Troncq, Défendeurs.*

A difficulté, ou plutôt le point de la Cause dépend
de sçavoir, si M. de Saint-Just, lorsqu'il a intenté le
retrait dont il s'agit, étoit encore dans le tems de le
faire. Il prétend que, suivant la Coutume de Normandie, qui doit décider ici, il avoit trente ans pour exercer son action, & il se fonde sur deux moyens également
puissans dans cette Coutume; la fraude pratiquée contre les Lignagers lors de l'acquisition, & les vices de la lecture qu'on lui oppose:
Il y joint un troisiéme moyen puisé dans les Ordonnances tiré du défaut d'insinuation. Pour mettre ces moyens dans tout leur jour, il suf-
fira d'expliquer à la Cour la maniere dont cette acquisition a été faite,
& dont elle a été lecturée.

Le Marquis du Troncq, que les Parties adverses représentent, ayant
traité au mois de Juillet 1723 de la Terre & Seigneurie de la Pille en
Normandie avec le sieur de Varaville, la convention fut rédigée de
la maniere, qu'on crut la plus propre à écarter le retrait, que M. de
Saint-Just, cousin germain du Vendeur, étoit dans le dessein d'intenter.

Le 24 Juillet 1723, les Parties passerent trois actes en même-tems:
Le premier, sous la date de ce jour 24 Juillet, est un contrat pardevant
Notaires, par lequel le sieur de Varaville Vendeur, paroît fieffer au
Marquis du Troncq Acquereur, tout ce qu'il y avoit de noble dans la
Terre de la Pille, avec les rotures relevantes des autres Seigneurs,
moyennant 880 liv. de rente fonciere & irracquitable; le sieur de Vara-
ville paroît se reserver dans ce contrat soixante-huit acres de terre

A

labourable, qu'il poſſedoit dans ſa propre mouvance, relevans du Fief de la Pille. Les deux autres actes ſont ſous ſeing privé datez du 26 Juillet, deux jours après la date du contrat pardevant Notaires; l'un eſt une contre-lettre, qui contient la faculté de racheter, moyennant 22000 liv. la rente de 880 liv. ſtipulée fonciere & irracquitable, par le prétendu contrat de fieffe; l'autre eſt un acte de vente moyennant 20500 liv. des ſoixante-huit acres de terre, que le Vendeur avoit paru ſe reſerver dans la directe du Fief de la Pille.

En réuniſſant ces trois actes, qui paroiſſent diſtans de deux jours, mais qui ont été évidemment faits tous les trois dans le même point de tems, on voit clairement, que c'eſt une ſeule & même convention, par laquelle le ſieur de Varaville a vendu au ſieur du Troncq le Fief de la Pille moyennant 42500 liv. dont 20500 liv. comptant, & le ſurplus dans une rente rachetable ſur le pied du denier 25.

Si la proximité des dates, ou plutôt leur identité (car on ne peut pas douter que les deux actes ſous ſeing privé n'ayent été paſſez au même moment que le contrat pardevant Notaires) Si, dit-on, cette circonſtance ne ſuffiſoit pas pour prouver, que c'eſt une ſeule & même convention, on en demeureroit convaincu à la lecture du contrat de fieffe, pour peu qu'on fit d'attention à l'indifference, avec laquelle les Parties ont déſigné les choſes fieffées au Marquis de Troncq, & les choſes retenuës par le ſieur de Varaville.

On voit en effet, qu'on a fieffé au Marquis du Troncq *le Fief, manoir, droits;* & après le détail du Domaine noble on ajoute, *les terres labourables audit Seigneur de Varaville appartenantes, qui peuvent être relevantes des Seigneuries d'Amfreville, de Tourville, la Champagne, & du Prieuré de S. Aubin des Freſnes, en quelque nombre & quantité que ſoient leſdites terres, dont n'a été fait plus ample jouxte ni bornes, ayant ledit Seigneur du Troncq déclaré le tout bien connoître pour être dans ſon voiſinage.*

L'énonciation eſt auſſi vague dans la reſerve de ſoixante-huit acres relevantes du Fief de la Pille, *ſe reſervant ledit Seigneur de Varaville la proprieté & diſpoſition des terres labourables en roture qui ſont relevantes du Fief de la Pille, qui ne ſont du compris ni dans les abornemens des choſes ci-deſſus fieffées, & qui ne ſont partie des terres relevantes des Seigneuries particulieres des Seigneurs ci-deſſus exprimez, leſquelles terres ci-deſſus retenuës peuvent être de la continence d'environ ſoixante-huit acres, ſans néanmoins aucune fourniture ni répétition de deniers.*

Si la reſerve eût été ſérieuſe, les choſes euſſent été autrement déſignées & circonſtanciées; on veut ſçavoir ordinairement au juſte ce qu'on achete, & ce que le Vendeur retient; le voiſinage, que le ſieur du Troncq prend pour prétexte de cette négligence, ne donne pas des notions aſſez particulieres pour pouvoir ſe paſſer de ce détail: La vraie raiſon pour laquelle il étoit indifferent au Marquis du Tronq d'y entrer, c'eſt que la reſerve n'étoit pas ſérieuſe, & qu'il achetoit tout dans le même moment, & par une ſeule & même convention.

Comment d'ailleurs peut-on concevoir que les Parties ayent voulu ſérieuſement renverſer l'ancienne exploitation de la Terre de la Pille;

qu'auroit fait le fieur de Varaville de foixante-huit acres de terres labourables, fans aucuns bâtimens pour les exploiter? Qu'auroit fait du
furplus le fieur du Troncq avec des granges & des bâtimens beaucoup
trop confiderables? D'ailleurs les faifons feroient devenuës trop inégales
fi on eût retiré foixante-huit acres des differens folles, eu égard feulement
à la mouvance des terres, & fans penfer aux faifons, d'où il faudroit
les retirer; il n'eft point d'homme raifonnable qui puiffe regarder une
pareille convention comme férieufe & véritable.

Des deux actes fous feing privé, la contre-lettre portant faculté de
racheter la rente fonciere de 880 livres, devoit demeurer fecrete, il
ne falloit pas que les Lignagers, qui ne pouvoient être tentez que de
ce qu'il y avoit de noble dans cette vente, fuffent en état de connoître
la véritable nature du titre tranflatif; mais l'acte portant vente des foixante-huit acres devoit être public.

Quoiqu'on dût être bien sûr, que M. de Saint-Juft ne retireroit pas
une roture de foixante-huit acres, on avoit cependant affecté d'y mettre
un prix exceffif, eu égard à la portion du prix, que l'on avoit rejettée
fur le Noble de la Terre de la Pille: En effet, on a mis une fomme de
20500 liv. pour le prix de ces foixante-huit acres; ce qui n'a aucune
proportion avec la fomme de 22000 liv. qu'on avoit donnée pour prix
au furplus de la Terre, eu égard à la difference de valeur de ces deux
Parties. Indépendamment de l'excès du prix, on avoit encore ftipulé
dans l'acte de vente des foixante-huit acres une faculté de remeré, en
faveur du Vendeur, pendant treize mois, à compter du jour de la lecture, pour annoncer aux Lignagers, qu'ils ne feroient que des efforts
inutiles, en retirant l'heritage dans l'an & jour, que leur donne la Coutume.

Après ces précautions, on a cru pouvoir dépofer fans rifque chez un
Notaire, le 26 Novembre 1723, l'acte de vente des foixante-huit acres;
mais il femble que dans toute l'affaire on ait affecté de violer la vérité
fur les points mêmes les plus indifferens; dans l'acte fous feing privé
le Vendeur reconnoît avoir reçu prefentement, c'eft-à-dire, le 26 Juillet 1723, les 20500 liv. & dans l'acte de reconnoiffance du 26 Novembre, on déclare que dans le payement des 20500 liv. eft entrée une
fomme de 6000 liv. provenant d'un emprunt du 17 Novembre préce-
dent. Comment concevra-t-on un payement fait le 26 Juillet 1723,
avec des deniers, qui n'ont été empruntez que le 17 Novembre fui-
vant?

Le 12 Décembre 1723, cet acte de vente a été lecturé à l'iffuë de
la Meffe Paroiffiale de la Pille, comme une acquifition féparée, & d'une
nature toute differente du contrat de fieffe du 24, & le 26 Décembre
il a été infinué.

Voilà une fraude bien confommée, pour écarter à jamais les Lignagers; les Parties adverfes prétendent, que le Marquis du Troncq en a
du moins purgé le vice par la lecture, qu'il a fait faire des trois actes le
Dimanche 11 Septembre 1740. Cette lecture fournit une premiere
obfervation, c'eft qu'elle acheve de manifefter la fraude pratiquée lors
de l'acquifition, & qu'elle emporte une reconnoiffance, que ces trois

actes ne formoient qu'une seule & même convention ; & que cette convention étoit une véritable vente. En effet, cette formalité eût été inutile, si le Marquis du Troncq avoit pû compter sur la forme exterieure de ces actes. Examinons maintenant la forme de cette lecture.

Il faut observer d'abord, que le 9 Décembre 1732 le Marquis du Troncq avoit fieffé au nommé le Noble, Fermier de la Terre de la Pille, une masure & trois acres de terre, moyennant une rente de 70 liv. rachetable pendant huit ans : Ce fait aura son application dans un moment.

Le 8 Septembre 1740, il s'étoit fait un contrat de vente de quelques heritages dans la Paroisse de la Pille entre deux Habitans du lieu, nommez le Mercier & l'Huillier, & le Notaire qui avoit passé le contrat étoit chargé d'en faire la lecture le Dimanche 11 Septembre suivant. On profita de cette occasion pour faire lecturer à la requête du Marquis du Troncq, non-seulement les trois actes concernant l'acquisition de 1723, mais même la fieffe faite en 1732 au nommé le Noble.

On esperoit que la Paroisse étant instruite du contrat passé entre ces deux Particuliers trois jours auparavant, & persuadée que c'étoit-là la lecture que devoit faire le Notaire, on n'y feroit aucune attention, & qu'aucun des Paroissiens n'entendroit les autres actes, qu'on se proposoit de faire lecturer en même-tems : Du moins esperoit-on, que l'attention des Auditeurs ainsi partagée entre cinq actes differens, il leur seroit impossible de les comprendre & de les retenir. Aussi on voit que par le Procès verbal de lecture, qui est unique pour les cinq actes, on a affecté de les lire tous cinq conjointement & de suite.

C'est ainsi qu'on a trompé les quatre Témoins requis par la Coutume, en leur faisant signer sur le Registre du Notaire ce Procès verbal, comme si ce n'étoit qu'une seule & même lecture. On s'étoit d'ailleurs menagé le secret dans le choix, qu'on avoit fait des quatre Témoins. Sebastien le Preux l'un d'eux est un imbecile incapable de rien entendre ; Burret est un mineur qui n'avoit pas vingt ans ; le Page est le Clerc de l'Oeuvre, dépendant des Officiers du Seigneur ; à l'égard de Jacques le Noble, Fermier du Marquis du Troncq, & Preneur de la fieffe de 1732, il avoit un interêt personnel à la chose, puisque d'un côté on lecturoit son propre contrat, & que de l'autre, le retrait exercé sur le Marquis du Troncq l'auroit évincé de sa fieffe : On peut donc dire d'un côté, que la lecture du 11 Septembre est une nouvelle fraude faite au droit des Lignagers, & de l'autre, qu'elle est nulle, faute de Témoins idoines.

Mais non-seulement les trois actes, concernant l'acquisition, n'ont point été valablement lecturez, mais il faut encore ajouter, que la contre-lettre, qui contient la faculté de racheter la rente, n'a point été insinuée, ce qui suffit pour proroger jusqu'à trente ans le tems du retrait, aux termes de l'Edit de 1703, comme on l'établira dans un moment.

Tels sont les faits d'où M. de Saint-Just conclut qu'il est encore en état d'exercer la clameur, qu'il a intentée contre les Parties adverses.

Le

Le détail de la procedure est d'autant plus inutile, qu'en Norman-die l'exploit de clameur ni la suite de l'action ne sont sujets à aucunes formalitez particulieres. M. de Saint-Just ayant découvert, à la mort du Marquis du Troncq, arrivée à la fin de 1742, la contre-lettre en datte du 26 Juillet 1723, il la regarda comme une preuve victorieuse de la veritable nature du titre d'acquisition, & il se persuada que le retrait qu'il avoit toujours eu dessein d'intenter, étoit devenu infaillible ; ayant commencé par les démarches convenables de politesse auprès de M. le Président de la Londe, & des autres heritiers du sieur du Troncq, on lui opposa la lecture du 11 Septembre 1740, & on prétendit qu'il n'é-toit plus dans le tems du retrait. Cette lecture étoit demeurée si secrette au moyen des précautions qu'on avoit prises, que M. de Saint-Just n'en avoit eu jusques-là aucune connoissance ; il la regarda comme une nou-velle fraude faite à la Coutume ; d'ailleurs, les nullitez dont elle est in-fectée lui parurent si frapantes, qu'il ne crut pas devoir s'y arrêter, en-forte que le 1er. Février 1743, il intenta sa clameur, & porta son action aux Requêtes du Palais du Parlement de Normandie.

Il est inutile de dire comment cette action a passé contre les Parties adverses, au moyen de la renonciation des heritiers présomptifs du Marquis du Troncq. On observera seulement que les Parties adverses désesperant d'y pouvoir défendre au Parlement de Normandie, où les principes de cette matiere sont trop connus, pour être susceptibles d'é-quivoque ; ils n'ont trouvé d'autre ressource, que de se servir du *Com-mittimus* de l'un d'eux & de faire renvoyer la Cause en la Cour, où ils ont crû pouvoir en imposer sur des maximes qui ne sont pas fa-milieres.

Ce n'est pas pour prendre ici un ton avantageux, comme il n'est que trop ordinaire dans les Causes les plus douteuses, que M. de Saint-Just avance ici que les Parties adverses n'auroient pas seulement osé présen-ter leur Cause dans aucun Tribunal de la Province.

Il rapporte plus de soixante Consultations des Avocats les plus céle-bres, tant du Parlement que des Sieges du ressort, qui décident en sa faveur, sur les moyens qui vont être proposez, & on ose dire que M. le Président de la Londe, un des premiers Magistrats du même Parlement, n'est pas en état de rapporter en sa faveur, un seul suffrage digne de quelque consideration.

La défense des Parties adverses a consisté dans deux propositions, qui seront faciles à réfuter, quand on aura annoncé la difference qui regne entre nos usages & ceux de la Coutume de Normandie, sur les principes generaux de la matiere.

Dans la Coutume de Paris, & dans presque tous les Pays de ce res-sort, le retrait lignager est regardé comme odieux & défavorable, parce qu'il est contraire à la liberté du commerce. De-là toutes les formalitez gênantes & ridicules, qui y sont attachées, & qu'il faut remplir avec un scrupule qui approche de la superstition, enforte qu'il semble que par une bizarerie inconcevable, la Loi retire d'une main parmi nous, la faculté qu'elle accorde de l'autre au Lignager. La Coutume de Nor-

B

mandie, beaucoup plus ferme & plus conftante dans l'exécution de ce qu'elle prefcrit, a une idée toute differente du retrait qu'elle accorde à la famille.

On fçait qu'aucune Coutume n'a porté plus loin les précautions pour la confervation des biens dans la ligne, non-feulement elle a introduit la réprefentation infinie dans la fucceffion aux propres, la préference des mâles & des defcendans des mâles aux femelles, la préference des parens paternels aux maternels ; mais elle a prefque abfolument interdit la faculté de difpofer. On fçait que pour empêcher le pere de famille d'échaper à fa difpofition, elle a introduit la fubrogation des acquêts aux propres & des meubles aux acquêts. On pourroit relever une infinité d'autres ufages de cette Coutume qui partent du même efprit.

Mais ce vœu general de la Coutume de Normandie éclate principalement dans les retraits ; les acquêts comme les propres y font fujets, ce qui donne lieu même à beaucoup d'inconveniens. Le retrait a lieu à l'égard d'une haute futaye venduë féparément du fond. L'exploit de clameur n'eft affujetti à aucunes formalitez ; il a même des faveurs particulieres, fi l'Acquereur demeure hors de la Province, le Lignager n'eft point obligé d'aller le chercher à fon domicile, la clameur fignifiée au Détenteur de l'heritage eft valable ; au contraire, la Coutume épuife toutes fes rigueurs contre l'Acquereur ; c'eft pour cela qu'elle exige pour la validité de la lecture, toutes ces formalitez fcrupuleufes, dont on parlera dans un moment ; c'eft pour cela que la fraude faite à la famille, foit dans une acquifition, foit dans l'exécution d'un retrait, eft pour ainfi dire, un crime irrémiffible. On peut donc dire, que l'efprit de la Normandie fur le retrait lignager eft tout different de celui qui regne ici.

Cette premiere verité rétablie, le fiftême des Parties adverfes fera facile à confondre.

On ne contefte pas que l'heritage ne foit clamable, que le titre de l'acquifition ne le foit auffi, & que M. de Saint-Juft, coufin germain du Vendeur, ne foit le plus proche parent de la ligne ; on n'éleve pas de difficulté non-plus fur la maniere dont la clameur a été intentée ; mais on fe renferme dans deux fins de non-recevoir. On foutient : 1°. Que le Marquis du Troncq, Acquereur, étant Lignager du Vendeur du côté & ligne de l'heritage, quoique dans un dégré plus éloigné que M. de Saint-Juft, il n'y avoit point d'ouverture au retrait. On foutient en fecond lieu, que quand il y auroit eu lieu au retrait, le tems en étoit expiré, à compter du jour de la lecture. Il fera aifé d'établir le contraire de ces deux propofitions.

RÉPONSE à la premiere Fin de non-recevoir, tirée de la qualité de parens.

M. de Saint-Juft n'auroit pas dû s'attendre à cette premiere propofition, & il ne peut revenir de fon étonnement, de voir des principes fi inoüis en Normandie, dans la bouche d'un Préfident du Parlement de cette Province. M. de Saint-Juft ofe dire qu'il n'eft perfonne dans le

Pays, on ne dit pas un Jurisconsulte, mais un Particulier avec la moindre teinture d'affaire, qui interrogé sur cette question, ne répondît que le parent plus proche peut clamer l'heritage sur l'Acquereur, parent plus éloigné. La fraude pratiquée lors de l'acquisition dont il s'agit, en contient seule un témoignage irréprochable ; on se persuadera aisément que si le Marquis du Troncq eût pû croire que sa qualité de Lignager l'eût mis à l'abri du retrait de M. de Saint-Just, il n'auroit pas pris des voyes si obliques pour faire une acquisition aussi simple ; rien n'est plus sensible que cet argument, & il ne permet pas de croire que les Parties adverses contestent de bonne foi une verité constante, que qui que ce soit n'a jamais révoquée en doute dans la Province.

Prouvons donc ce qu'on n'a jamais osé nier jusqu'ici. L'objet de la Coutume de Normandie, en introduisant le retrait, n'est pas seulement de remettre l'heritage dans la famille ; mais de conserver l'ordre de succession, auquel elle est plus attachée qu'aucune autre Coutume. C'est ce qui résulte des articles 468, 475 & 476 de cette Coutume, dont voici les dispositions. Article 468 : *Les parens sont reçus à retirer les heritages vendus, selon qu'ils sont plus prochains du Vendeur.* Article 475 : *En concurrence de clamans Lignagers le plus prochain parent du Vendeur, & plus habile à lui succeder est préféré, encore que délais eût été fait à autre du Lignage.* Article 476 : *Et où les Clamans seroient en semblable dégré, ils sont reçûs à la clameur selon l'ordre que les successions sont déférées par la Coutume.*

On voit donc que les parens sont admis à la clameur suivant l'ordre dans lequel les successions sont déférées. Si un parent plus éloigné a intenté la clameur au mépris du droit du plus prochain, *quoique le délais lui ait été fait,* & qu'il ait remis l'heritage dans la famille, le Lignager plus prochain a droit de l'évincer, pourvû qu'il vienne dans le tems de la Coutume. C'est ce que porte l'article 475, sur lequel Basnage observe même, que le plus prochain n'est point obligé de rendre les frais au plus éloigné. *Le retrait lignager, dit cet Auteur, est un droit qui est donné à toute la famille* NON IN SOLIDUM *; mais par dégré & par ordre de distribution, de sorte que pendant le tems de la grace, les premiers sont toujours preferez aux plus éloignez, d'où il s'ensuit que lorsque les plus éloignez se sont précipitez, ils ne peuvent pas demander récompense des frais qu'ils ont faits à ceux qui rendent leur prévention inutile, parce qu'ils ne doivent pas recevoir de préjudice par la précipitation inconsiderée de ceux qui pouvoient prévoir que leur diligence ne leur serviroit point.*

La conséquence du retrait, que la Coutume accorde au parent plus prochain, sur le plus éloigné, qui a retiré l'heritage, & qui l'a remis dans la ligne, au retrait que le Lignager plus prochain a droit d'exercer sur l'acquereur parent plus éloigné, paroît absolument nécessaire ; c'est même un de ces argumens qu'on appelle *à fortiori,* puisque le retrait exercé par le parent plus éloigné, fait dans sa personne un propre de succession, ce que ne fait pas un simple contrat d'acquisition ; aussi est-ce un usage constant en Normandie, que le Lignager plus proche a droit de retrait sur l'Acquereur parent plus éloigné.

C'est ce que disent tous les Commentateurs sur l'article 468 de la

Coutume de Normandie. *Le retrait lignager*, dit Berrault, *ayant été introduit afin que l'heritage ne sorte point de la famille, sembleroit qu'il n'y devroit avoir ouverture quand la vente auroit été faite à un du lignage, & néanmoins en ce cas, le plus prochain parent du Vendeur & plus habile à lui succeder sera reçû.* Il s'appuye même de l'autorité d'Imbert.

Godefroy, sur le même article dit : *Le plus grand doute consiste à sçavoir si la vente étant faite à un des Lignagers, ceux qui sont parens en pareil dégré sont recevables à ladite clameur ; car les Loix Romaines* in L. filius familias §. pater ff. de lega. 1. *si le pere institue son fils heritier à condition qu'il ne pourra distraire les heritages hors de sa famille, & le fils les aliene après à l'un de ses freres, les autres freres n'y peuvent rien reclamer, parce que* non sunt extra familiam, *& semble par identité de raison, qu'en parité de dégré, l'un des consanguins ne peut peut clamer les heritages acquis par l'autre ; mais l'usage a prévalu au contraire, & reçoit tous ceux qui sont en pareil dégré à partager ladite clameur, comme il auroit fait l'heritage, s'il étoit venu à droit successif, conformément à l'avis de Balde,* conss. 33, livre 1, *auquel souscrit Tiraqueau.*

Basnage sur l'article 468 s'explique ainsi : *Il est raisonnable que le plus proche parent ait la préference sur celui qui est éloigné, lorsque l'heritage a été acquis par un étranger ; mais il semble que quand l'heritage est acquis par un parent, ce contrat ne doit point être retrayable, d'autant que le retrait lignager n'étant que* jus conservatorium *& non* acquisitorium, *il suffit que l'heritage vendu ne soit point mis hors de la famille ; néanmoins, puisque l'action en retrait se regle comme les successions qui sont toujours déferées aux plus proches parens, soit que l'Acquereur soit parent ou non, le Lignager le plus proche peut user de retrait, on a jugé néanmoins le contraire au Parlement de Paris par Arrêt du 18 Février 1656, en la Coutume de Poitou, qui contient une disposition pareille à cet article, & l'on tint que lorsqu'il y a concurrence entre plusieurs Lignagers demandeurs en retrait, pour sçavoir à qui l'heritage demeureroit, lorsque la Coutume ne dit rien de contraire en une matiere odieuse, il ne la falloit pas étendre au-delà des termes, & que quand l'Acquereur n'étoit point une personne étrangere de la famille, il ne devoit pas être dépossedé par une action de cette qualité.*

Mais, dit-on, la regle generale du Droit Coutumier est au contraire ; toutes les Coutumes disent qu'il n'y a point lieu au retrait sur un Acquereur lignager, quoique dans un dégré plus éloigné. Pour échapper au Droit Commun, il faudroit être autorisé d'une exception certaine dans la Coutume de Normandie, il n'y a point d'article formel dans la Coutume ni dans le Reglement, il n'y a pas d'Arrêt qui l'ait introduite.

On répond pour M. de Saint-Just, qu'il n'y a point de regle generale sur ce point dans le Droit Coutumier, de laquelle on puisse faire usage en Normandie. En second lieu, qu'on trouveroit une exception formelle dans cette Coutume.

1°. Quelle est la regle generale ? Il faut distinguer deux especes de Coutumes ; les unes ne donnent le retrait, que des heritages vendus à un étranger, telles que Paris, Orléans, & un grand nombre d'autres. *Quant aucun a vendu & transporté son propre heritage ou rente fonciere à personne étrange*

étrange de fon lignage, &c. ce font les termes de la Coutume de Paris. Les autres donnent le retrait de tout heritage vendu abfolument, fans dire qu'il foit vendu à un Etranger, telles font les Coutumes d'Anjou, Maine, Touraine, & beaucoup d'autres.

Dans les Coutumes de la premiere efpece, le Lignager plus prochain ne peut pas intenter le retrait, contre l'Acquereur-Lignager plus éloigné, puifque ces Coutumes, ne donnent ouverture au retrait, que contre l'Acquereur étranger. Dans les autres où le retrait eft accordé purement & fimplement de tout heritage vendu, il faut encore diftinguer celles qui donnent le retrait au plus diligent, de celles qui préferent le plus proche. Dans les premieres le parent plus proche ne peut pas évincer l'Acquereur plus éloigné, cet Acquereur étant conftamment le parent le plus diligent, pour conferver l'heritage dans la famille.

Quel eft l'ufage des autres Coutumes, qui donnent la préference au Retrayant plus prochain fur le plus éloigné ? Ce font les feules, qui puiffent former un Droit commun propre à être oppofé en Normandie, puifque ce font les feules, dont l'efprit & les difpofitions fimpatifent avec l'ufage de cette Province.

Mais dans ces Coutumes on donne le retrait au parent plus prochain fur l'Acquereur plus éloigné, c'eft la difpofition formelle de la Coutume d'Anjou article 395, des Coutumes du Mayne, Touraine, grand Perche, & de toutes les autres; enforte que le Droit commun, même du Païs Coutumier de ce reffort, feroit favorable à M. de Saint-Juft.

On oppofe ce qui fe pratique dans la Coutume de Poitou; mais de quel poids pourroit être pour la Normandie un exemple particulier, qui feroit contraire au Droit commun établi par la plûpart des Coutumes qui, comme celle de Normandie, préferent le plus prochain ? Auffi voit-on que Bafnage à l'endroit ci-deffus cité s'eft fait l'objection de l'ufage de la Coutume de Poitou, & d'un ancien Arrêt du 18 Février 1656, qui paroiffoit l'avoir fixé, & qu'il n'a point fait de difficulté d'attefter l'ufage contraire, comme conftant en Normandie.

Mais il y a plus, il n'eft point vrai que tel foit l'ufage en Poitou. Cette queftion a été profondement traitée par Boucheul fur l'art. 337 de cette Coutume, §. 6, & il a établi d'une maniere invincible, que non-feulement l'ufage, mais la difpofition formelle de la Coutume de Poitou donnoit le retrait au parent le plus proche fur l'Acquereur plus éloigné.

On répond, en fecond lieu, que quand ce feroit le Droit commun du furplus du Païs Coutumier, la Coutume de Normandie contient une exception formelle dans la difpofition de l'article 475, qui accorde le retrait au Lignager plus prochain fur le plus éloigné qui a retiré, même après que le délais lui a été fait par l'Acquereur. La conféquence de l'un à l'autre eft néceffaire, comme on l'a dit ci-deffus; elle eft même *à fortiori.* C'eft ce qui refulte de la difpofition de l'article 180 de la Coutume du grand Perche, où l'on voit, que le retrait fur l'Acquereur plus éloigné eft accordé au plus prochain, comme une fuite du retrait, qui lui eft donné fur le Retrayant plus éloigné, même après que le retrait a été exécuté à fon profit.

C

C'est ce qui résulte encore plus particulierement d'une observation sur les Coutumes d'Anjou, Maine & Touraine, qui sont semblables en ce point. Elles donnent le retrait au Lignager plus prochain sur l'Acquereur plus éloigné, c'est la disposition de l'art. 395 de la Coutume d'Anjou. Cependant elles ne le donnent point sur le Retrayant plus éloigné, après que le retrait est exécuté; il faut que le plus prochain vienne *entre la bourse & les deniers*, suivant l'art. 370. C'est donc un plus grand avantage de pouvoir évincer le Retrayant-Lignager après l'exécution du retrait, que de pouvoir évincer un Acquereur-Lignager; ainsi quand la Coutume de Normandie donne le retrait au plus prochain sur le Retrayant plus éloigné, après l'exécution du retrait, comme le porte l'article 475, on en doit conclure nécessairement & *à fortiori*, qu'elle donne le retrait sur l'Acquereur plus éloigné.

Aussi est-ce un usage constant en Normandie observé par les plus celebres Commentateurs, obmis par les modernes comme une chose triviale, que qui que ce soit n'a jamais osé révoquer en doute, & sur lequel le dernier Praticien de Normandie seroit fort étonné de voir ici disputer sérieusement.

RÉPONSES *à la seconde fin de non-recevoir tirée de la lecture.*

Supposant, comme il est hors de doute, que le retrait ait eu lieu en faveur de M. de Saint-Just, étoit-il encore dans le tems de l'exercer au premier Février 1743? Les Parties adverses opposent l'an & jour qui s'étoit écoulé depuis la lecture du 11 Septembre 1740; mais M. de Saint-Just écarte cette lecture par trois moyens également invincibles.

Il prétend, en premier lieu, que dès qu'il y a eu fraude au contrat de vente, le contrat est clamable en Normandie pendant trente ans, sans que la lecture ni aucune autre espece de publication puisse abreger le délai; du moins faudroit-il que la lecture fût valable dans sa forme, & qu'elle eût été faite de maniere à instruire les Lignagers, au lieu que celle-ci non-seulement est infectée de nullitez essentielles, mais elle est une nouvelle fraude faite à la famille. Enfin la contre-lettre qui constitue la véritable nature du titre d'acquisition, n'a point été insinuée.

1°. Tout contrat où il y a fraude est clamable pendant trente ans en Normandie; la fraude contre les Lignagers est sevèrement punie dans cette Coutume: Il y a des cas où la Coutume porte la rigueur, jusqu'à prononcer la confiscation du prix contre l'Acquereur; c'est la disposition de l'art. 121; mais la peine ordinaire consiste, en ce qu'alors le tems du retrait est prorogé jusqu'à trente ans.

Hors le cas de fraude on peut abreger les trente années, en faisant lecturer le contrat, aux termes des articles 452 & 453: Le retrait se prescrit alors par an & jour à compter de la lecture; mais quand il y a eu fraude au contrat, le retrait dure trente ans en haine de cette fraude, sans qu'aucune formalité puisse abreger ce délai.

C'eft ce que porte l'article 500, *tout contrat de vente où il y a fraude commife au préjudice du droit de retrait appartenant aux Lignagers, ou aux Seigneurs féodaux, eft clamable dans trente ans.* La difpofition eft generale, *tout contrat de vente :* Cet article ne diftingue point, comme dans le cas de verité, s'il y a eu une lecture ou non, il ne diftingue point non plus, fi la fraude a été découverte plutôt ou non ; il accorde trente ans dans tous les cas.

Cette difpofition fe trouve répetée dans tous les articles où on prévoit quelque cas de fraude : On peut recourir aux articles 461, 478 & 479. L'art. 461, pour le cas de l'échange frauduleux, s'explique en ces termes : *En permutation des chofes immeubles, il n'y a point de clameur : toutefois fi l'un des compermutans, ou perfonne interpofée pour lui, rachete l'échange qu'il a baillé dans l'an & jour, ou bien s'il eft prouvé qu'il fut ainfi convenu entre les Parties lors de ladite compermutation, il y a ouverture de clameur dans les trente ans.*

Cet article prévoit un cas où la fraude s'eft découverte dans l'an & jour même, qu'elle a été commife, puifqu'il fuppofe qu'une des Parties eft rentrée publiquement dans l'an & jour en poffeffion de l'heritage, qu'il avoit donné en contr'échange ; cependant il accorde le tems de trente ans pour le retrait, fans égard à la découverte, ni à la publication de la fraude.

Telle étoit la Jurifprudence de la Province dès avant la rédaction de la Coutume, ainfi qu'on le recueille de Terrien dans fes Commentaires, liv. 8, au titre d'action de querelle & clameur, où il rapporte un ancien Arrêt du 25 Janvier 1521, qui dans le cas d'un échange frauduleux a adjugé le retrait dix ans après la lecture du contrat, par lequel on avoit racheté l'heritage donné en contr'échange ; c'eft bien précifément l'efpece dans laquelle on fe rencontre aujourd'hui : *Et quant aux contrats frauduleux, fimulez,* dit cet Auteur, *& alterans la verité de la vendition cachée & couverte du manteau d'autre contrat non fujet à clameur, comme échange ou fieffe, la Cour les cas offrans après la fraude jugée par la vicinité des contrats, qualité des Parties contractantes & autres préfomptions, ou preuves de la fraude, a bien déclaré tels contrats retrayables (fans toutefois adjuger la confifcation des deniers) voire & après le tems paffé de fe clamer, comme il a déja été dit, & qu'il a été jugé fur le cas qui enfuit. En l'an 1504 le 23 Février, Philippin Maze avoit échangé dix acres de terre à l'encontre de dix autres à lui baillées par Hervien, lequel huit jours après les achete pour 120 livres, & d'icelui achat fait faire lecture ; en 1505 Jean Maze fils mineur émancipé dudit Philippin, fe clame dudit contrat d'échange en l'an 1517, & eft déclaré recevable, nonobftant que ladite clameur foit prinfe de dix ans après la lecture dudit achat, par laquelle ledit échange étoit fait notoire, en tant qu'il en étoit fait mention audit achat, par Arrêt du 25 de Janvier 1521.*

Depuis la rédaction de la Coutume l'ufage a été également conftant & general : Cette Regle ne fouffre qu'une exception qui a été introduite par la Déclaration du 23 Juin 1731, & qui ne peut fervir qu'à confirmer la Regle.

On toleroit autrefois en Normandie une fraude, qu'on appelloit la fraude Normande, elle a été abolie, comme contraire au texte & à l'esprit de la Coutume de Normandie, par plusieurs Déclarations du Roi successivement intervenuës; une de ces fraudes des plus usitée consistoit, en ce que dans une acquisition, on divisoit le Noble d'une Terre d'avec le Roturier : On vendoit le Domaine utile, dont le Vendeur se retenoit la Directe & la Seigneurie, & ce contrat de vente n'étoit sujet ni à retrait, ni à lots & ventes envers le Seigneur, de qui la Terre entiere relevoit, & il étoit aisé de prendre des précautions pour dégouter les Lignagers. Quelque tems après on vendoit la Directe qu'on s'étoit reservée, ce qui ne produisoit que des droits fort minces.

Quelque évidente que fût cette fraude par le seul fait de la réunion de la Directe avec le Domaine utile, elle étoit tolerée tant qu'on ne pouvoit point prouver, que cette réunion étoit l'exécution de conventions faites lors du premier contrat; ce qui étoit assez difficile à établir : Pour y remedier, la Déclaration établit une présomption legale de fraude, toutes les fois que le tout se trouvera par acquisition volontaire, quelle qu'elle soit, dans les mains du même Proprietaire, dans les dix ans; & elle assujettit en ce cas l'Acquereur aux droits de treiziéme & de retrait, soit féodal, soit lignager.

Mais comme il ne seroit pas juste de punir une simple presomption de fraude aussi séverement, qu'une fraude prouvée; la Déclaration permet en ce cas d'abreger les trente années; & elle réduit le retrait à l'an & jour, à compter de la lecture du dernier acte qui aura consommé la réunion. C'est la disposition des articles 1 & 2 de la Déclaration. Mais pour le cas de fraude prouvée, la Déclaration laisse subsister la Regle; & par l'article dernier, elle ordonne l'exécution de l'art. 500 de la Coutume qui donne trente ans, sans qu'on puisse les abreger : *Voulons au surplus*, porte l'article 7, *que l'article 500 de la Coutume de Normandie soit exécuté selon sa forme & teneur; & en conséquence qu'il puisse être fait preuve, même après le tems de dix années ci-dessus marqué, & jusqu'au terme de trente années, de la fraude qui auroit été commise dans les aliénations, au préjudice des droits de notre Domaine, des droits seigneuriaux, ou du retrait féodal ou lignager : Et au cas qu'il soit jugé qu'il y a eu de la fraude, voulons que le retrait féodal ou lignager puisse être exercé conformément audit article; & qu'à l'égard des droits seigneuriaux & de francs-fiefs, ceux qui en auroient été tenus, soient condamnez au payement du double desd. droits, sans que ladite peine puisse être remise ni moderée.*

On ne peut pas désirer un meilleur Interprete de cet article de la Coutume, qu'une Loi posterieure projettée, sans doute, avec les premiers Magistrats de la Province, on peut donc dire, que la generalité des termes de l'article 500, la Jurisprudence qui l'avoit précedé, & sur laquelle il avoit été modelé, les Loix qui ont suivi, tout concourt à en fixer le sens en faveur de M. de Saint-Just.

Pour peu qu'on y réflechisse, si l'objet de l'art. 500 n'étoit pas d'établir une peine particuliere au cas de fraude, que ni la lecture ni la publication des véritables conventions ne pût moderer, on demeurera convaincu que cette disposition seroit absolument inutile; en effet, l'article 453 avoit établi, que tout contrat seroit clamable dans trente

ans,

ans, tant que la lecture & la publication n'en auroient pas été faites; il auroit donc été superflu d'établir le même délai de trente ans dans le cas de fraude, s'il ne devoit durer, comme dans le cas de vérité, que jusqu'à la lecture & publication des veritables conventions; soit que le déguisement tombât sur la nature du contrat, & que le contrat n'eût point été lecturé du tout, soit qu'il tombât seulement sur les clauses & conditions du contrat, & qu'il eût été lecturé avec ses fausses conditions, on étoit en état de dire également, que le veritable contrat n'avoit point été lecturé, & d'user du retrait pendant trente ans, sur le fondement du seul article 453. L'article 500 ne peut donc avoir d'effet & d'exécution, qu'autant qu'il aura établi quelque chose de plus; c'est-à-dire, que dès qu'il y a eu fraude commise au contrat, le retrait durera trente ans en haine & pour punition de la fraude, sans qu'on puisse abreger ce terme, en publiant & en lecturant les veritables conventions.

On ajoutera même que s'il en étoit autrement, la fraude contre laquelle la Coutume s'éleve avec tant de force réussiroit toujours. En effet, le Lignager écarté au moment de la mutation par la dissimulation qu'on lui auroit faite de la veritable nature du contrat, place ses fonds au bout de quelque tems, contracte des engagemens, ou tombe dans des circonstances qui ne lui permettent plus d'exercer le retrait. L'Acquereur attentif à épier tous ces momens, purgeroit alors la fraude sans aucun risque, si le Lignager qu'il appréhende n'avoit qu'an & jour pour se retourner & pour se mettre en état de retirer l'heritage. Il est évident au contraire, que la fraude seroit toujours surement punie, en donnant au Lignager le surplus des trente ans pour la venger.

Mais, ont dit les Parties adverses, il n'y a point eu de fraude dans les actes que vous attaquez, ce sont des conventions differentes. Le 24 les Parties ont fait un bail à rente irracquitable; mais le 26 elles sont convenuës du rachat de la rente. Le 24, le Vendeur a voulu retenir soixante-huit acres de terre. Le 26, il s'est déterminé à les ceder à l'Acquereur. Une preuve d'ailleurs que le bail à rente étoit sérieux, c'est qu'on n'a point encore usé de la faculté de rachat, & que le principal de la rente est dû: Mais du moins, ajoute-t'on, s'il y a eu de la fraude, elle n'a point été exécutée, puisqu'on a publié la convention telle qu'elle étoit dans la verité, en lecturant les trois actes qui la contiennent. C'est un principe constant, attesté d'ailleurs par Basnage, qu'on ne punit point dans cette matiere, ni dans aucune autre, la seule intention: Enfin, quand on ne prendroit ici la lecture que pour une preuve de la découverte de la fraude, cela suffiroit pour borner le terme du retrait à l'an & jour.

Les Parties adverses se flattent-elles de persuader que les trois actes contiennent trois conventions differentes, que le Marquis du Troncq a voulu prendre à rente fonciere la Terre de la Pille, comme un Païsan pourroit prendre une masure & quelques acres de terre? Que deux jours après les Parties ont voulu le contraire, de ce qu'elles avoient voulu sérieusement deux jours auparavant? Que le Marquis du Troncq auroit acquis sans aucune désignation, & qu'il eût souffert une retenuë vague de la part du Vendeur, sans en faire constater précisément l'ob-

D

jet, qu'il eût laissé deffaisonner la Terre par la retenuë de soixante-huit acres, s'il n'eût pas compté acquerir la Terre entiere avec toutes ses circonstances & dépendances ? Quant à la circonstance qu'on releve, que la rente n'a point été rachetée, elle est indifferente, puisque la faculté seule du rachat suffit pour caracteriser la vente; mais il ne s'agit plus de disputer sur le mérite de toutes ces conjectures, la lecture qu'on oppose contient la reconnoissance la plus formelle de la fraude de la part du Marquis du Troncq, puisqu'il n'a pû faire lecturer les trois actes, qu'en avoüant tacitement par-là, qu'ils renfermoient les conditions d'un seul & même contrat de vente.

Quant à ce qu'on ajoute, que ce n'est qu'une fraude mentale demeurée sans exécution; le principe ne souffre point de difficulté, il a principalement son application dans le cas du retrait frauduleux; c'est même la disposition d'un Arrêt de Reglement du Parlement de Normandie du huitiéme Août 1735, *qui a déclaré la preuve par Témoins inadmissible, pour faits tendans à faire déclarer l'action en retrait frauduleuse, avant que la clameur ait été gagée, & que le Lignager ait mis l'heritage hors de sa main, en conséquence de pactions ou conventions qui ayent précedé l'action en retrait.* C'est aussi l'espece de l'avis de Basnage au lieu cité.

Mais ici la fraude a été consommée & exécutée, & par conséquent la peine encouruë; cette fraude consiste dans la dissimulation de la verité : Or, elle a été déguisée dès l'instant même de l'acquisition; la fausse convention ayant été rédigée dans un acte public, & les veritables conditions ayant été inserées dans des actes sous seing privé. Dans la suite on a déposé l'acte de vente des soixante-huit acres, & on l'a rédigé en acte public, comme si c'étoit une convention séparée subsistante seule & par elle-même. On a été plus loin, on a fait lecturer le 12 Décembre 1723, le contrat de vente des soixante-huit acres. A l'égard de la contre-lettre, elle est toujours demeurée sous seing privé; non-seulement elle n'a point été déposée ni reconnuë par-devant Notaire; mais jamais on n'en a donné de connoissance à qui que ce soit, ensorte qu'on peut dire, qu'on a mis tout en œuvre, jusqu'à abuser des moyens même introduits par la Coutume, pour tromper les Lignagers & les persuader, que dans toute cette affaire, il n'y avoit de vente, que celle des soixante-huit acres, dont l'acte contient ce prix excessif, ce remeré de treize mois & ces autres conditions remarquées dans le récit des faits. C'est dans ce déguisement que consiste la fraude punie par l'art. 500, & il n'y a point d'espece dans laquelle elle ait été plus entiere & mieux consommée.

Mais, dit-on, du moins la fraude a été purgée par la publication de la verité; la Coutume peut bien donner trente ans pour la découvrir; mais l'an & jour doit courir du jour de la découverte prouvée, & la lecture du 11 Septembre 1740, doit servir de preuve de cette découverte.

On verra dans un moment, que la lecture, de la maniere qu'elle a été faite, est elle-même une nouvelle fraude, qui n'a pû rien apprendre aux Lignagers, & qu'ainsi elle ne pourroit pas marquer le jour de la découverte de la fraude du contrat; mais en Normandie, quand il y a fraude, le retrait n'est point borné à l'an & jour de la découverte, on a trente ans pour la découvrir, & pour en faire usage; c'est ce qui résulte de l'ancien Arrêt rapporté par Terrien, de la generalité des termes de l'article 500, & furtout de l'efpece particuliere de l'article 461, qui fuppofe une fraude publiée & découverte dans l'an & jour qu'elle a été commife, & qui cependant donne encore trente ans pour intenter le retrait.

Ces réponfes ne souffrent point de réplique ; mais quand dans cette efpece, le retrait pourroit être borné à l'an & jour, à compter de la lecture, celle du 11 Septembre 1740 pêche évidemment dans fon effence & dans fa forme extérieure ; c'eft le fecond moyen qu'on a annoncé ci-deffus.

1°. Elle péche dans fon effence, en ce que c'eft un piége tendu aux Lignagers, plutôt qu'un moyen propre à les avertir ; c'eft ce qui réfulte de tout l'artifice qu'on a relevé dans le récit des faits. L'occafion que l'on a faifie de la lecture d'un autre contrat, à laquelle toute la Paroiffe s'attendoit, la confufion qu'on a faite des cinq actes, & lors de la lecture, & dans le Procès-verbal qui en a été fait, l'impoffibilité évidente ; que dans ce mélange affecté, aucun de ceux qui ont pû entendre la lecture ait démêlé la veritable nature des trois actes en queftion ; tout cela fait la preuve de la fraude, furtout fi on fait attention, que quoique lecturez tous trois en même-tems, & compris dans le même Procès-verbal, on n'a point déclaré lors de la lecture, qu'ils formoient une feule & même convention.

Quand on auroit exactement rempli la lettre de la Coutume : Il eft évident par toutes ces remarques, que loin de fatisfaire à fon intention, on n'a cherché qu'à éluder fon objet, enforte que cette lecture n'auroit que l'apparence de ce qu'exige la Coutume, fans être ce qu'elle exige au fond, & dans la verité de la chofe.

Mais il s'en faut bien qu'on ait rempli les formes requifes par la Coutume. L'article 455 s'explique en ces termes : *La lecture fe doit faire publiquement & à haute voix, à jour de Dimanche, iffuë de la Meffe Paroiffiale du lieu où les heritages font affis, en la préfence de quatre Témoins pour le moins, qui feront à ce appellez, & figneront l'acte de la publication fur le dos du contrat, dont le Curé ou Vicaire, Sergent ou Tabellion du lieu, qui aura fait ladite lecture, eft tenu faire regiftre, & n'eft reçu aucun à faire preuve de ladite lecture par Témoins. Pourront néanmoins les Contractans, pour leur fureté, faire enregiftrer ladite lecture au Greffe de la Jurifdiction ordinaire.*

La Cour remarquera, fans doute, le fcrupule avec lequel la Coutume détermine les formes de cette lecture. Attachons-nous aux *quatre Témoins pour le moins*, dont elle requiert la préfence, qui doivent être *à ce appellez*, & qui doivent figner l'acte de la publication *fur le dos du contrat* ; elle exige quatre Témoins, quoiqu'on n'en demande que deux ordinairement dans les affaires les plus importantes ; encore veut-elle que ce foit *au moins* ; ce qui prouve que ces quatre Témoins aufquels elle fe réduit, doivent être tous quatre également irréprochables.

On a vû dans le récit des faits, qu'ils font tous quatre peu dignes de créance fur cette affaire ; l'un eft imbécile, abfolument dépourvû de fens ; l'autre eft dans la dépendance des Officiers de la Terre ; mais pour les deux autres, fçavoir, Mathurin Burret & Jean le Noble, non-feulement ils font recufables, mais ils ne font pas idoines ; ce qui forme une nullité précise dans la lecture qui se trouve réduite à la signature du Notaire & de deux Témoins.

A l'égard de Mathurin Burret, il étoit mineur de vingt ans, le fait est constaté par son extrait baptistaire: Mais dans le droit, la Coutume exige-t'elle, pour la validité des lectures, que les quatre Témoins ayent vingt ans.

La Coutume ne parle point de l'âge; mais, 1°. On ne peut pas douter qu'elle n'exige des Témoins idoines, vû l'importance de l'acte dans son esprit. C'est ce que dit Godefroy sur l'article 455, au mot, en la presence de quatre Témoins, *non suspects ni recusables*, ajoute cet Auteur: *car encore que Berault dit avoir vû agiter cette question entre deux célebres Avocats de la Cour, si les parens sont recevables audit témoignage & la laisse indécise, quand la Loi parle de Témoins, elle s'entend toujours d'idoines, & spécialement en un acte si public, & célebre, où l'Acheteur ne peut manquer d'en trouver de non suspects, ne pouvant vraisemblablement ignorer ceux qui lui sont parens, & principalement en dégré prohibé de pouvoir passer pour lui en témoignage, tout ainsi que le testament ne pouvoit être valable, si tous les Témoins requis par les Loix Romaines n'étoient capables   .   .   . n'importe qu'il y ait un Témoin suspect, & qu'il en reste encore trois non recusables; car puisque notre Coutume en désire quatre pour le moins, il s'ensuit que la signature & attestation des trois autres n'est suffisante, parce que ce sont choses semblables, de ne rien faire du tout, ou le faire moins que dûement.*

C'est ce qui résulte clairement d'un Arrêt de Reglement du Parlement de Rouen du 5 Juillet 1724, qui suppose comme un usage constant que les quatre Témoins requis par l'article 455 de la Coutume doivent être idoines. *La Cour faisant droit sur ladite Requête*, porte cet Arrêt, *a enjoint audit Billette ou audit Laforge, le premier requis de faire lecture & publication du contrat en question, issue de la Messe Paroissiale, au jour de Dimanche dont ils seront requis, à laquelle fin ils seront tenus d'en passer leur déclaration dans les vingt quatre heures de la signification du present Arrêt, & de faire signer au dos de l'original du contrat les quatre Témoins idoines, aux termes de l'art. 455 de la Coutume.*

Qu'entend-t'on par des Témoins idoines? Suivant les dispositions de toutes les Coutumes, & les Reglemens particuliers de la Cour, ce sont des Témoins de vingt ans. On entend la même chose en Normandie; ainsi aux termes de l'article 412, *tout testament doit être passé en presence du Curé ou Vicaire, Notaire ou Tabellion, & de deux Témoins idoines âgez de vingt ans accomplis.* C'est ainsi que la Coutume interprete le mot *idoine*, dans l'Arrêt de Reglement du Parlement de Normandie, pour les formalitez des exploits de clameur, on a ordonné *qu'à l'avenir tous Huissiers ou Sergent seront tenus de se faire assister de deux Témoins idoines & âgez de vingt ans*, sur quoi on remarquera, qu'il seroit fort singulier que les exploits de clameurs, qui sont si favorisez en Normandie, fussent assujettis à une rigueur, qu'on ne pratiqueroit pas dans les lectures où la Coutume exige tant de formalitez.

Aussi exige-t'on l'âge de vingt ans dans la Jurisprudence du Parlement de Normandie, c'est le sentiment de Routier, dans l'excellent livre qu'il vient de donner sur les principes generaux du Droit Civil & Coutumier

de

de Normandie, ce Livre contient dans un fort bel ordre les maximes les plus certaines du Droit de cette Province. Voici ce qu'on trouve au chapitre des Retraits, sect. 6, nomb. 1. *La formalité de la lecture & publication du contrat de vente ou de fieffe racquitable, doit être faite publiquement & à haute voix à jour de Dimanche, & non à autres jours de Fêtes, à l'issuë de la Messe Paroissiale, & non à l'issuë de Vêpres, dans tous les lieux & differentes Paroisses où les heritages sont situez, en la presence de quatre Témoins âgez de vingt ans au moins à ce appellez, lesquels seront tenus de signer l'acte de publication sur le dos du contrat, avec mention de leurs noms, dont le Notaire du lieu qui aura fait la lecture, sera tenu faire Registre, & ne sera reçu aucun à faire preuve de ladite lecture par Témoins; pourra néanmoins l'Acquereur faire enregistrer son contrat au Greffe de la Jurisdiction ordinaire, & cet enregistrement fera preuve de la lecture & publication du contrat, sur le dos duquel mention a été faite de la lecture ou perduë ou adhirée.*

Les Parties adverses reconnoissent, qu'un Témoin idoine en Normandie, est un Témoin âgé de vingt ans; mais ils soutiennent, que ces regles sont restraintes aux Témoins instrumentaires, dont le suffrage est requis, comme pourroit l'être celui d'un second Notaire, pour donner l'autenticité aux actes, & que les quatre Témoins requis par la Coutume, loin de partager les fonctions de celui qui fait la lecture, sont ceux à qui on la fait & qui l'entendent.

Quand cela seroit vrai, cette observation ne seroit d'aucun poids; si les quatre Témoins requis par la Coutume ne le sont que pour entendre la lecture & la publier aux autres, il faut nécessairement qu'ils ayent un certain âge pour faire l'attention convenable à la lecture du contrat, & pour donner quelque créance au rapport qu'ils en pourront faire. On peut dire même que les Témoins instrumentaires n'ont point d'autres fonctions, ils n'ont en effet aucune part à la confection des actes, ils sont simplement garands de la verité de ce qui se passe sous leurs yeux.

Mais on ne peut pas douter, que les quatre Témoins requis pour la validité de la lecture ne soient des Témoins instrumentaires, dont la foi doit cooperer avec celle du Notaire à l'autenticité de l'acte de lecture; c'est sur ce fondement, que la Coutume exige que ce soient des Témoins à ce appellez, il ne suffit pas qu'ils se trouvent par hasard à la lecture, c'est aussi pourquoi elle exige que les Témoins signent tous quatre l'acte au dos du contrat.

La Coutume a bien présumé, qu'un jour de Dimanche à l'issuë de la Messe Paroissiale, la Paroisse entiere seroit attentive à une lecture faite dans le moment du concours de tous les Habitans; ainsi ce n'est pas pour rendre la chose publique, qu'elle a requis les quatre Témoins, la publicité est assurée par le choix du moment de la lecture; mais elle a voulu s'assurer par le suffrage de quatre Témoins, que la lecture a été faite réellement, au moment, & avec les circonstances qu'elle desire; ce sont donc des garands de la verité de la lecture, & par conséquent des Témoins instrumentaires.

C'est ce qui a été jugé en termes bien formels en faveur de M. Poitevin de Villiers, Conseiller en la Cour, par Arrêt du 29 Janvier 1721,

E

que M. de Saint-Juft rapporte en forme probante ; le retrait étoit intenté, & le remboursement offert en effets de l'année 1720, sur un
contrat d'acquisition fait & lecturé de bonne foi dès le 17 Juillet 1701.
Quelle défaveur dans les principes des Parties adverses ? Le moyen de
M. de Villiers contre la lecture consistoit à rejetter du nombre des Témoins le Curé, qui n'avoit paru & signé à la lecture, que pour protester
contre la qualité de Seigneur de la Paroisse, que les Parties avoient
prise dans le contrat à son préjudice ; M. Poitevin de Villiers se fondoit
sur ce que le Curé n'ayant point été appellé pour la validité de l'acte,
il n'y pouvoit contribuer ; ses Adversaires répondoient que les Témoins
dans la lecture n'étoient point des Témoins instrumentaires ; que la
Coutume avoit eu pour objet de s'assurer, que la lecture avoit été en-
tendüe par un certain nombre de personnes ; tels sont les moyens res-
pectifs des Parties, ainsi qu'ils sont visez dans l'Arrêt, suivant l'ancien
usage qui s'est conservé au Parlement de Normandie ; mais on jugea par
cet Arrêt, que les Témoins requis dans les lectures étoient des Témoins
instrumentaires, & que le Curé n'en pouvant pas tenir lieu, la lecture
étoit nulle, ensorte que nonobstant toute la défaveur des circonstances,
le retrait fut adjugé à M. Poitevin de Villiers.

Mais, disent les Parties adverses, les Témoins des lectures sont des
Témoins nécessaires, ce sont des inconnus qu'on est obligé de prendre
dans le nombre des Paroissiens, qui sortent de la Messe le jour du Dimanche, on n'a pas la faculté d'en amener d'autres.

Les Parties adverses ajoutent à la Coutume une rigueur, qu'elle ne
porte point ; il faut que la lecture se fasse à toute la Paroisse à la sortie
de la Messe le jour du Dimanche ; mais on n'est point obligé de prendre
dans le nombre des Paroissiens sortans de la Messe les quatre Témoins,
il suffit que ce soient des Témoins idoines à ce appellez, le Notaire a
la faculté de les prendre où il voudra, & même de les amener avec lui,
comme un Huissier amene ses Records.

C'est ce qui répond aux autres considerations, qu'on a fait valoir à
l'Audience ; qu'entre les inconnus qui sortent de la Messe, & dont on
ne peut juger qu'à la phisionomie, on peut se tromper sur l'âge ; qu'il
est même assez difficile dans une Paroisse de Village de trouver le nombre de quatre Témoins idoines qui sçachent signer ; il est très-facile
d'éviter tous ces écueils, dès que le Notaire a la faculté d'amener avec
lui quatre Témoins connus & bien choisis, revêtus de toutes les qualitez
nécessaires pour la validité de l'acte.

Les Parties adverses prétendent cependant, qu'il y a un ancien Arrêt
du Parlement de Normandie qui, sur ces considerations, a confirmé
une lecture faite par un Curé parent des Parties ; ils disent que Basnage
conclut de cet Arrêt, que les parens des Parties sont reçus pour Témoins
dans les lectures. Cet Arrêt solitaire peut avoir été rendu sur des circonstances particulieres ; quoique Basnage n'en rapporte pas l'espece,
on voit cependant qu'il s'y agissoit d'une lecture faite de bonne foi vingt-
cinq ans avant la clameur, ensorte que l'action étoit peu favorable.
D'ailleurs Basnage a été contredit sur ce point par les autres Commentateurs ; c'est ce qu'on lit dans l'endroit de Godefroy ci-dessus cité.

Mais aucun Commentateur n'a prétendu que les Témoins pussent être reçus au-dessous de vingt ans, la Jurisprudence est certaine au-contraire; c'est ce que suppose l'Arrêt de Reglement du   & ce qu'atteste Routier au lieu ci-dessus cité.

A l'égard de l'Arrêt du 2 Août 1740, l'espece en est absolument inconnuë à M. de Saint-Just, on n'en rapporte qu'une copie informe, qui n'est signée de personne, de sorte que rien n'en garantit la verité ni la fidelité.

Mais quand on pourroit élever des doutes sur le moyen qui naît de la minorité de Mathurin Burret, Jean le Noble quatriéme Témoin doit être nécessairement écarté par un moyen, qui ne dérive point d'une Loi écrite, mais qui est fondé sur la raison même, & qui par conséquent n'est pas susceptible d'équivoque.

C'est une verité de tous les lieux & de tous les tems, qu'on ne peut point être Témoin dans sa propre affaire : Or il est évident que la lecture en question interessoit personnellement Jean le Noble, puisqu'il étoit Fieffetaire d'une partie des heritages acquis par le contrat lecturé, & qu'il ne pouvoit les conserver, qu'autant que le Fieffant échaperoit au retrait. On peut dire même, qu'il y étoit Partie, puisqu'on avoit compris dans cette lecture le contrat de fieffe, qui lui avoit été fait par le Marquis du Troneq en 1732. Qu'on considére après cela le Noble comme Témoin instrumentaire; sa foi doit être suspecte. Qu'on le considere comme simple Auditeur appellé pour publier le contrat, on doit croire qu'il l'aura au-contraire tenu très-secret : Sous quelque respect qu'on l'envisage, il étoit également incapable de remplir l'objet de la Coutume; il ne se trouveroit donc plus que trois Témoins; & comme la Coutume en exige quatre pour le moins, il est impossible que la lecture échape à cette nullité.

C'est ici le cas d'appliquer la Loi à la rigueur : Le contrat est fait il y a vingt ans; mais s'il a subsisté depuis si long-tems, c'est qu'on a employé la fraude la plus caractérisée pour déguiser la verité au Lignager : La lecture elle-même est une nouvelle fraude pratiquée pour tromper la famille plutôt que pour l'avertir.

Ces moyens puisez dans la Coutume suffiroient seuls pour écarter la seconde fin de non-recevoir tirée de la lecture de 1740; mais l'Edit des Insinuations de 1703 fournit un troisiéme moyen également solide.

Cet Edit veillant à la conservation des droits des Seigneurs, ordonne qu'à l'avenir tous contrats de vente, échange, décrets & autres actes translatifs de proprieté de biens immeubles soient insinuez; & pour assurer l'exécution de sa disposition il ordonne, que le tems fixé par les Coutumes pour le retrait féodal & lignager, ne puisse courir que du jour de l'insinuation. Cet Edit a été enregistré au Parlement de Normandie, & y est en pleine vigueur; on s'en étoit écarté dans un Arrêt de ce Parlement du 3 Août 1716, qui fut cassé par un Arrêt du Conseil du 12 Mars 1718.

Cette formalité n'a point été remplie : Le contrat de fieffe du 24 Juillet 1723 a bien été insinué; mais ce n'étoit pas le véritable titre, c'étoit la contre-lettre portant la faculté de racheter, qui étoit le véri-

table titre tranflatif de proprieté. C'étoit-là ce qu'il falloit infinuer pour remplir l'intention de la Loi, qui a pour objet de manifefter la verité aux Seigneurs féodaux; quand même on auroit fatisfait aux formalitez prefcrités par la Coutume, le défaut de celle qui a été établie par l'Edit de 1703 auroit fuffi pour proroger le délai du retrait.

Mais, dit-on, tout ce qu'exige l'Edit, c'eft qu'on infinue le titre tranflatif de proprieté, c'eft le contrat de fieffe qui contient le titre tranflatif de proprieté, la contré-lettre ne fert qu'à en modifier les conditions.

Cet argument feroit bon, fi on pouvoit regarder ces deux actes, comme renfermant des conventions féparées; mais on a prouvé que l'intention des Parties n'avoit point été de faire la fieffe, qui eft écrite dans le contrat pardevant Notaire : Ce contrat n'eft que le titre apparent; le titre véritable eft dans la contre-lettre, c'étoit elle qu'il falloit infinuer pour exécuter la lettre de l'Edit, & pour remplir l'objet qu'il fe propofe d'avertir les Seigneurs féodaux des droits qui leur font acquis.

On croit avoir écarté fans reffource les deux fins de non-recevoir qui fondent la défenfe des Parties adverfes. Le Lignager plus prochain peut-il exercer le retrait fur l'Acquereur parent plus éloigné? C'eft une verité qu'on n'a jamais ofé contefter en Normandie. Du moins la lecture de 1740 a-t-elle pû faire courir l'an & jour? La fraude qui y regne, & l'incapacité des Témoins ne permet pas de s'y arrêter; mais il fuffit qu'il y ait eu fraude au contrat, pour que rien ne puiffe abreger le terme de trente ans accordé, en ce cas, par la Coutume. Enfin quand la Coutume feroit fatisfaite, l'Ordonnance ne le feroit pas, dès que le véritable titre de proprieté n'a pas été infinué.

∽

M^e. GUEAU DE REVERSEAUX, Avocat.

De l'Imprimerie de PAULUS-DU-MESNIL, ruë Sainte Croix en la Cité, 1744.